KB120838

말랑한 벽

말랑한 벽

1판 1쇄 펴낸날 2021년 5월 28일
지은이 송태규
펴낸이 이재무
책임편집 박은정
편집디자인 민성돈, 장덕진
펴낸곳 (주)천년의시작
등록번호 제301-2012-033호
등록일자 2006년 1월 10일
주소 (03132) 서울시 종로구 삼일대로32길 36 운현신화타워 502호
전화 02-723-8668
팩스 02-723-8630
홈페이지 www.poempoem.com
이메일 poemsijak@hanmail.net

ISBN 978-89-6021-559-7 03810

값 10,000원

말랑한 벽

송태규

천년의
시작

시인의 말

첫걸음 떼기도 전,
몇 달을 뜨겁게 앓았다
그럴 때마다 한기가 몰려왔다
한참을 머물다
왔던 길을 되돌아 걷고 또 걸었다
언젠가 가고 싶었던 길,
저만치에서 아버지가 다가오신다
따뜻한 손을 내밀어 주시려나 보다

이 길 끝에서 아버지 손을 잡으면
한기가 조금 가시려나

2021년 초여름 용화산방에서

차 례

시인의 말

제1부

민낯

조용한 거울을 들여다보다

조용하지 않은 나를 본다

거울이 그런 나를 보고 있다

나는 나를 다 들켜 버린 듯

그만,

거울을 끈다

무창포 노을

펄에서 온몸을 뒤틀다
풀어진 낙지
시퍼런 피를 흘리고 있었다

불콰해진 멍게
누런 배를 까 보이고
속 빈 소라의 삶은 꼬여 있었다

우럭은 죽어서도 서까래를
무너뜨리지 못하고
속이 탄 미역은
그저 흐느적거리고 있었다

몸통 서너 군데 칼자국으로
웅크린 전어의 검은 눈물을 보았다

수족관에는 가족을 품으려
눈을 감지 못한 광어가
유언이라도 남기려는 듯
가쁜 숨 몰아쉬고 있었다

\>

술잔을 부딪치며 질러대는
가장들의 건배는
세상 한번 째려보지 못하고
술에 취한 병들의 외침

실은, 상 밑으로 다들
노을빛 눈물 한 잔씩 흘리고 있었다

빨랫줄

양팔로 마당을 잡아
하늘과 하늘 사이
단숨에 한 줄 긋고

소나기에 몸을 씻어
바람으로 말린다

가족의 무게 견디지 못해
휘어진 어깨
쓰러질 수 없어
바지랑대 부축으로
비로소 수평을 잡는다

구름 한 장 널어놓고
햇빛은 졸고
입 꼭 닫은 집게에 붙들린
내 허물 간당간당 매달린다

거죽 벗겨 햇볕에
몸을 쏟아 버린

가로등

탑천길 마디마다 박꽃 오롯이 피었다
허공을 움켜쥔 빛이
개울로 흐르고

먼 산이 내려올 때
건들건들 내 몸이 자랐다

탑천 가로등이 목을 빼는 것은
꿈을 꾸는 게 아니라
비칠거리는 내 그림자를
안아 주려는 것이다

숨죽여 어깨만 들썩이는
목 긴 아비처럼

아무거나

오늘도 어머니는
난 아무거나 좋아
라고 합니다
아무거나는 아무 데도 없습니다
아무거나는 아무 데나 있습니다
어머니의 아무거나는
자식 주머니 아끼라는 마음입니다

얼큰이 국밥을 시켰습니다
어머니는 공깃밥 절반을 뚝 떼어
내 투가리*에 넣습니다
자식 걱정도 절반이 따라온 겁니다

겨우 국물 몇 수저 뜨시고는
내 것은 싸 갈란다 하십니다
자식 얼굴 깎이는 줄도 모르고

오늘따라 국밥 투가리로
땀은 왜 그리 쏟아지는지
어머니는 연신 내 땀을 닦아 주기 바쁩니다

예순 다 된 나는 어머니에게
걱정 한 그릇도 떠넘긴 겁니다

내가 나를 꾸짖는 소리로
주인을 불러 남은 국밥 싸 달라고 합니다

그러니까 오늘도
어머니는 아무거나를 드신 겁니다

＊ 투가리: '뚝배기'의 방언.

구두

토방에
구두 한 켤레
주름진 아가미를 벌린 채
흰 뒤축 감추느라
몸을 묻었다

한 생을 오롯이 담고
가죽이라는 감옥 속에
지나온 흔적 가두었다

주인 따라나섰던
허기졌던 길,
돌부리에 차이면
살가죽만 짓부릅떴다

덧씌울 살갗도 없이
흘러온 길
이제는 흐물흐물한 채
고단한 발자국에 누워
자서전 쓰는

\>

구두,

절뚝대던 뿌연 눈물 가두었다

회항

개펄에 목선 한 척 잠들었습니다

새들도 하나둘 집으로 떠나고
눈치 살피던 칠게 농게가 마실 나옵니다
우렁이는 미끄덩 길 산책하듯 집을 옮겨 갑니다
쉿,
행여 목선이 깰까 숨죽이고

목선은 그제야 눈을 뜹니다
개펄에서 그만 발을 빼고
쏟아지는 별밭을 일구러 갑니다
파도가 할퀴기도 하지만
대수롭지 않습니다

야윈 몸 기우뚱거리다
한밤이 묽어질 때야
포구로 돌아옵니다

삐걱거리는
밤의 고단함 껴안고

개펄 집으로 듭니다

파도가 목선의 밤과
내 어두운 발자국 지우고 나면
그제서야 포구의 창문이 열립니다

서대문 형무소

붉은 벽돌담 끝
시계가 죽어 있었다
수직에 갇힌 쇠창살
수평을 잃었다

사형장 담벼락
통곡의 미루나무 녹슨 비늘처럼 무너지고
애국지사의 시구절이
감옥 문을 버티고 있었다

　만세를 부른다고 독립되는 것은 아니오
　그러나 겨레의 가슴에 독립 정신을
　일깨워 주어야 하기 때문에
　꼭 만세를 불러야겠소
　　　　　　　　　　　　—손병희

박제가 되어 닳아지는
기억을 뚫고
서대문 하늘에

시퍼런 넋,

여전히 살아 있었다

겨울나무

그림자 한 그루 산마루에 걸렸다

산그늘이
겨울 허리를 감을 때
푸른 입김은 가지를 부둥켜안았다

산자락 자르고 들어온 삭풍에
밑둥치 내주고
제 살 깎이며
잠 못 들 때
우듬지 까치 한 마리도
숨을 죽였다

추위를 껴안은
녹슨 처마 아래
상처 입은 새 한 마리 들고
길 잃은 밤이 잠을 청할 때

바람이 흐르던 자리로 그림자는 더 자란다

>
잎이 돋았던 기억을 떠올려야
겨울을 날 수 있다는 것을
나무는 안다

그 푸르디푸른 기억 속에
길을 멈추어야 했던 적 있다

몇 번이나
위태로이 쓰러지며
겨울나무 소식을 듣고 또 듣는다

고백

수업 시간에 뻔한 질문 하나 던졌습니다

세상에서 가장 슬픈 별이 뭘까

내 답은 이별이었습니다

조용한 교실에
툭,
꽃 지듯

차별이요

정적 위로 바위 하나 굴렀습니다
이별을 알기도 전에
아이들은 벌써
차별의 슬픔을 알아 버린 겁니다

나도 모르게
차별을 가르치고 있었던 겁니다

>

뒤꼭지에 옹이 하나

아프게 박힌 날이었습니다

는개* 내리는 저녁

선술집에 드는 이는
그리움을 그리워하는 것이다

마음 흔들리는 잔에
눈물 한 방울 말아 넘기며
뿌연 창문에
불콰해진 기억 몇 써 본다

찌그러진 양은 주전자도
어느덧 목을 길게 빼고는
창 너머로 취한 눈길 보낸다

쓰디쓴 그리움이
목줄을 타고
흐르고 흐르는
선술집에는

떠나
오지 않는 것들 몇
빈자리로 다가온다

그림자 옮겨 가듯

느개 소리 사이로

* 느개: 안개비보다는 조금 굵고 이슬비보다는 조금 가는 비.

전봇대

전봇대가
주저앉지 못하는 것은

바지랑대 끝에
질끈 동여맨 어깨와
한 몸으로 살아야 하기 때문이다

겨울 하늘 가르고
북으로 날아가는
기러기의 그림자를
받아 내야 하기 때문이다

아무도 다가오지 않는
눈밭의 바람을 불러
새벽을 껴안아야 하기 때문이다

허공을 잡은 오선지로
새소리 하나 켜지 못하고 흘러와
누구의 뿌리도 되지 못한

나는

소통

못과 망치가 있어도
못을 품을 수 없는 벽은
더 이상 벽이 아니다

움푹 파이고
자국이 남아도
너를 품을 수 있는
포근한
벽이고 싶다

밀지 않아도 열리는
문 하나 내어
너를 들이고 싶다

네 망치를 받은 못 자국
파여도 파이지 않고
아파도 아프지 않은
말랑한
벽이고 싶다

길

길은 물을 타고 왔다
물의 길을 열어 준
둑을 따라왔으니
태생이 물인 셈이다

같은 방향으로 걸으며
흐르는 길이
흐르지 않는 길을 받아
모든 흐르는 길이 된다

바다에 새긴 길은 이정표를 데려온다
저만치 솟은 등대는
이제 마음을 놓으라는 것이고
하얀 부표는
발밑을 조심하라는 것이다

아무리 밟아도 흔적을 남기지 않는
물의 길은 단단함이다
밟히면 잠시 흔들렸다가
아무 일 없었다는 듯

저를 굳히는 그 흐름,

아득한 처마에 하늘을 걸고

물에서 나서 물로 돌아가는

헌혈

정전되는 당신을

밝히는 스위치

제2부

이월

앞에 덜어 주고 뒤에 떼어 주는
이월

어떤 달은 넘치기도 하는데
서른 날을 다 채우지 못한
이월

짧아서
횡대와 종대로 뻗은 요일이
평평한 이월

부족한 대로
더 살뜰하게 살아야 한다고
다짐하는
이월

3월의 꽃은
이월이 키운 움이다

나이테

사내가
바람에 몸이 엉킨 숲으로 들고
뒤척이다 잠든 바위 위로
비칠거리는 구름이 지난다

사내는
목이 휜 나무에 몸을 부축하고
살점 뜯긴 나무는
앙상한 사내를 부축한다

사내가
가까스로 몸을 부릴 때
모로 누운 나무
물끄러미 다가온다

사내는
비로소 산 그루터기에
앉아서야
희미해진 나이테 한 판을 헤아린다

>
그때 마침
노을 한 채
저문 산허리로 스며든다

평범한 것은 그림자를 만들지 않는다

새가 날아간다
수직으로 찍힌 그림자가 수평으로 부리나케 달아난다
그림자가 흔들리고
꽃도 따라 흔들린다

향기를 담지 못하는
그림자는 무채색이다

아기의 얼굴에는 그림자가 살지 않는다
눈을 맞춘 엄마 얼굴에도 그림자는 없다

고요함으로 가득한 텅 빈 운동장
각을 세우지 않은 그곳에는
따뜻한 봄볕마저 그림자를 짓지 않는다

평범한 것은 그림자를 만들지 않는다

배낭

정류장에 어깨 처진 배낭 하나
가족의 무게를 지고 앉았다

풀어진 심장 허옇게 내밀고
눈물 찍어 소매 적셨던 날
홀쭉한 채 허리 휘었다

고단한 시간으로부터
흘러내린 어깨끈을 타고
그 흔한 비밀 한 조각 담지 못한 채
생의 탑이 허물어지고 있다

척추를 곧추세우지 못하고
수평으로 누운 삶은
지나가는 바람에도
숭숭 뚫린 가슴 여미지 못한다

묽은 빛깔로 남루해진
배낭, 점점 주저앉고
산 그림자 길어져도
끝내 버스는 오지 않았다

철인 3종 대회

2019년 10월 13일 08시
남해읍 바다는
양수를 가득 담은
어머니 자궁이었다

수많은 태아가
철인을 꿈꾸었다

생명을 토해 낸 어미는
허연 뱃살을 드러낸 채
또 다른 잉태의 잉태를 준비했다

밤이 기울고
지친 달이
홀로 남은 길을
뛰어 주었다

거친 숨소리가
아득한 길
풀섶 벌레들을 흔들어 깨웠다

>
그날,
남해읍 해안도로는
녹슬지 않으려는
철인들의 몸부림으로
출렁였다

아내의 실내화

언제부터인지 아내는 뒤꿈치 해진
실내화를 신고 다닌다

이 방 저 방 종종거리며
삶의 무게 견디지 못하고
혓바닥을 늘어뜨린다

가슴에 거슬릴 때마다
주문 외우듯
이제 새로 사면 좋을 텐데

해진 실내화를 여전히 신고 있는 것은
귀찮아서가 아니다
게을러서도 아니다
한 사내의 처진 어깨를
떠나지 못하기 때문이다

발을 덜어 내지 못한
실내화 뒤축에는

옹이 박인 아내의

고단한 나이테가 산다

호박죽

익어 간다는 것은 아득하니
누런 세월을 기다리며
제 속을 비워 내는 것이다

고샅 풀섶에서
땡볕의 무게를 달아 온 호박
어느 한 날 장작처럼 쪼개져서는
불을 삼켜 저를 달게 달여 낸다

어린것들 수만큼
별자리로 박혀
비바람 품고 호박이 된 호박

호박죽
한 수저 넘기는데
목 깊이 애초의 호박이었을
씨 하나가 돋는다

제 몸을 떠난 적 없어

토방 끝에

침묵을 뿌리 박고 늙어 버린 호박,

어머니

우체국에서

바람 소인 찍어

그대 둥지에

깃털로 쓴 사연 날린다

보물찾기

달빛 더듬은 날 아득하고
구름 그림자 헤맨 기억 더했다
저물어서 멈춘 통증 되살아날 때

여린 잎사귀 바람을 타고
어느새 곁에 와 있는
너를 보고서야 알았다

나눠 오지 않고 네 전부로 오려고
그랬나 보다
뛰는 심장 따라
안개 걷히듯 온
그건 기적이다

그런 것도 모르고
그런 줄도 모르고
숨어 있는 것만 찾았다니

B동 107호

설날
아버지 외출은 노루 꼬리보다 짧았다

가족 웃음소리에
손주들 재롱에
맺힌 눈물 무게 수백 근
다시 병원으로 가야 하는 팔이
애써 외투를 외면했다

휠체어를 따라 나선 집이
등 뒤에서 휘청할 때
아버지 손등에
파르르 현기증이 앉았다

바짝 말라 버린 대나무 속 같은
요양병원 B동 107호

기침 가래 끓는
기억은
실밥 뜯긴 호주머니로 새고

희미한 눈길만 새털처럼 흔들렸다

아버지 시계의 초침은
9시 마디를 쉬 넘지 못하고
자꾸만 흘러내렸다

녹슨 초침 소리에
기억이 닳은
아버지,
집 언저리 어느 허공을 맴돌았다

알고 보니

가을은 저절로 오지 않는다

매미의 외침이
천지에 찰랑거릴 때
고추잠자리의 너울을 타고 온다

물정 모르는 땡감
몸 달아 뒤척일 때
풋밤도 가슴을 연다

대추가 얼굴 붉히는 건
태양의 유혹 때문이 아니라

애가 타는 가을바람
무심한 듯 스칠 때
훅, 숨이 멎기 때문이다

섬

파도 소리도 멀어지면
뭍으로 향하는 닻을
풀어 버리는 섬,

나는
밤새 거친 파랑을 토닥였다

뭍에서 불어오는
바람까지도 끌어 닫고
다시 섬이 되어 버린

배부른 청진기

어릴 적
어머니는
보리 무 쌀에다
아버지 한숨까지 섞어
겨우 밥그릇 채웠다

흐릿한 옛 기억 덜어 내지 않은
덕분에 지금껏
빈 솥 긁는 소리에
맘까지 긁히는 일은 없었다

허나,
머리 조아린다고 다 먹을 수 있는 것이 아니거늘
청진기 배 더 채우려
얼룩지고 허름한 삶을
벼랑 끝으로 모는 자들 있다

내신 1등급이면
살찐 청진기 들고
삶이 흔들려 한숨지을 일 없다지만,

>

고봉으로 담은 밥그릇

넘치게는 말아야지

마이 무따 아이가, 고마해라[*]

거미

백석을 펼쳤다

거친 산을 올랐다
나무는 없고 온통 바위뿐인 그런

걸어도 걸어도
돌부리에 자꾸 걸렸다
몇 장 넘기다 그냥 덮었다

백석,

방구석에 웅크린 새끼 거미가
백석을 펼쳤다
밤새 그렇게 읽었던 모양이다

그때, 백석이 창밖으로 보낸
새끼 거미다

거미가 백석을 읽고
나는 거미를 읽었다

\>

뭉클한 새벽,

거미의 등을 밟고도

오르지 못한

백석

제3부

TV에서

'한 달 3만 원이면 이 아이를 살릴 수 있습니다.'

아이가 퀭한 눈으로 내 고봉밥을 바라본다

눈곱에 파리를 붙이고

내 기름진 밥상 위에 허기로 가득 찬 부푼 배가 다가온다

나는 알량한 염치로

슬며시 밥 절반을 덜어 낸다

뜬바위* 전설

두 개의 바위가 바라만 보고 살다 서로 애틋하게 불렀다는
미륵산**의 장수가 두 바위를 포개어 주었다는
포개어져 내내 붙어 살다 딱 한 번 섣달그믐 날 자정에 명
주실이 통과할 만큼만 속곳을 풀어 준다는
구룡마을*** 뜬바위의 전설

세상에, 달이 바위와 바위의 경계를 띄우다니

집채만 한 바위의 속곳을 벗긴다는 영험한 능력
섣달그믐 날 자정에만 잠깐 보여 준다는 달의 신통력을 믿
었다
바닷물도 끌어당겼다 놓아주는 달님인데 그깟 바위 속곳
하나 잠깐 내리는 것쯤이야
그것도 명주실 한번 지나가는 찰나인데,
뭇 사내들 몸이 달아 오밤중에 실을 둘렀다

차라리 구룡마을 대나무로 낚싯대를 만들었어야 했다
무명실에 바늘을 달고 미끼 대신 향기를 발라 바위를 유혹
했어야 했다
명주실로 묶어 사뿐 들어 올리고 말았어야 했다

64

\>

그날 밤 수줍은 바위는 사내들 앞에서 끝내 하얀 속곳을
풀지 않았다

* 뜬바위: 전북 익산 금마면 구룡마을에 있는 바위.
** 미륵산: 금마면에 위치.
*** 구룡마을: 우리나라 최대의 대나무 군락지.

어린 아버지

지축인 외다리
물속에 박고 사는 학처럼
아버지 외다리 붙잡은 일곱 켤레
간당간당 한 축이 되었다

한 겹으로 닳아 버린 거죽
덧댄 삶 속에
두고 온 기억은 옛 동산에 스몄다

어린 날로 돌아누운
아버지, 그 야윈 몸을 씻기며

나,
문득
아버지의 아버지가 된다

안경알이 희뿌옇다

유효기간

아내 차를 타고
주유소에 들렀다

카드를 꽂고 아내는
연신 현금 버튼만 누른다

기억의 그림자 점점 시들어 가고

차 안에서 바라보는 내 유리창엔
이미 저녁이 서럽게 웃자란다

아내 기억의 유효기간은
모서리 닳아 각을 잃고
카드를 잊은 지 오래

어둠이 주유구를 닫기 전
길을 잃은
아내의 기억에서 카드를 뽑아내고
벼랑 끝에 매달린
유효기간을 늘리고 싶다

독백

문전성시였다
하늘 무서운 줄 모르고
밟고 올라 바벨탑을 쌓느라고

그 안에서
역병이 들끓었다

조중동 타고
영업 방해죄로 행정 당국을 고소한
코로나19 전도사여,

종교의 자유를 선택해야 하나
종교로부터 자유를 선택해야 하나

빛과 소금보다
영업 손실 때문에
온라인 예배가 어렵다고
솔직하게 고백하라

하나님도 까불면 죽는다네

\>

종교라는 장막 뒤
예수 떠난 업소에서
혼자 목소리 높다

예수는 그 업소에만 있다고

존재의 이유

너를 닮아 간다는 건

네가 좋아서가 아니다

내가 너이고 싶기 때문이다

아비

밭뙈기에서
야윈 몸뚱이
밤낮으로 들썩였다

휘청거릴 때마다
양팔에
눈 붉은 석양이 앉아주었다

발목의 무게 이기지 못하고
제자리걸음만 하다
영영 외발이 땅에 박힌 채
앙상한 어깨로 흔들렸다

흔들리는 건 중심을 잡는 일이다

깜빡이지도 못하는 휑한 눈,
허수아비를
세상 참새들은 더 이상
무서워하지 않았다

하얀 나비

지워지지 않아
기억조차 싹둑 잘려 나간
그날,

나비가 된 소녀

왜인 군홧발에 짓이겨진
흉터가
퍼덕인다

이백서른여덟 명의 김학순
나비의 영혼 되어
빈 의자를 지킨다

흩어진 기억 붙들고
후미진 마을 어디쯤 맴돌다
찢기고 갈라진 맨발

어느 봄날의 볕으로 감쌀 수 있을까

순례

음지의
정맥으로
버둥대다

구둣발에 밟히면
한 번은 꿈틀하고
이내
죽은 듯 산 듯
간다

붉은 호스를 물이 타고 가는 것같이
척추를 당겨 고개를 떠밀고 가는
지렁이의 새벽은
붉은 눈시울 따라온다

온몸의 상처 부릅뜨고
배밀이로 길 떠나는
그대

오체투지로 간다

사월

아무렇게나 뿌려진
벚꽃 시들지 않고
바람개비 되어 날린다

잊지 않겠다던 약속
무뎌질 줄 알았는데
핏빛 철쭉은
두견의 울음으로 피었다

비밀의 뚜껑은 열리지 않고
터지는 막말이 짓누르는
바위가 된 그 세월

아직 마르지 않은
이곳의 소식을
벚꽃 우표 삼아
너에게 부친다

멀리 바다에서 날아든
젖은 날개들

너의 빈자리로 찾아 앉는다
앉는다

칡넝쿨

싸라기눈 내리는 날이면
까까머리 친구들과
황새목 낫 한 자루 들고
뒷산에 올랐지

낫이 툭,
허공을 베면
만만한 솔가지
눈물 진물처럼 흘렸지

시간을 타고 넝쿨을 오르던
갈망
휘청거리는 낫질에
하얗게 무너져 갔지

칡넝쿨로
나무 한 짐 메다
나무청에 부려 놓고
마당에 노을 한 짐도 부려 놓았지

\>

여태 죽은 나무에 결박당한 채
넝쿨지고 있을까

수직으로 날고 싶었던
갈증,

풀

바람에 몸을 맡기고
풀은
다만 엎드린다

가난하지만
가난하지만은 않아서
꺾이지 않는다

온몸이 흔들려
허리를 굽힐지언정
뽑히지는 않는다

바람으로 엎드리고
그 바람의 힘으로
다시 일어서는
가난은 질기디질긴
뿌리,

가난하지만

절대 뽑히지 않아

다시 서는

글 누에

활자가 기어간다
원고지 갉아
눈으로 먹고 가슴으로 풀어서
펜으로 토해 낸다

너덜대는 생채기 넘어
글을 베고 누운 채
명줄 늘여 외로움을 짠다

홀로 울음 삼켜
제 몸에 새긴 이야기를
부끄러운 통증으로 뱉는다

안간힘으로
낯설은 절망을 다독이며
기어 넘는다

활자가 지나간 발자국
생각해 보면 온통 울퉁불퉁한 길을

제 몸 갉아 써 내려가는

글 누에

로맨스

한의사 시인 나 셋이 저녁 식사를 했어 한의사가 술병을
들고 정력제라며 말간 이슬을 채우더군 단숨에 그 잔을 털고
술병을 쥔 시인이 한의사에게 말했어 평생 바람 한 번 피우
지 못한 놈은 실패한 인생이라고 정력제를 마셨으니 이제 로
맨스 한잔 받으라고 했지 권커니 잣거니 하면서 우리는 까까
머리 고등학교로 세월을 건너갔어

시인은 수학 과목에 젬병었다네 수학 선생님이 말끝마다
~에, ~에, 하는 버릇이 있었다지 공부는 안 하고 선생님이
~에, ~에, 를 몇 번이나 하는지 짝꿍과 짜장면 내기를 했다
는 거야 시인은 백 번에 짝꿍은 아흔아홉에 걸었다는군 둘은
한 시간 내내 세었다지 아쉽게 아흔여덟 번째 ~에, 끝 종이
울린 거야 짝꿍이 환호성을 질렀고 둘이 칠판 앞으로 불려
나갔다지 너희들 ~에, 공부는 안 하고 ~에, 뭐 하는 거야
그 순간 아슬아슬하게 백 번을 채운 거야 시인이 큭, 폭소를
터뜨렸고 화가 난 선생님이 예배당 종 치듯 귀싸대기를 갈겼
다네 맞으면서도 미친놈처럼 웃었다는군 대체 수업 시간 구
분은 어디까지인 거야 끝 종 울릴 때까지다 아니다 선생님이
교실 문을 나갈 때까지다 서로 우기다 끝내 짜장면은 무효가
되었다지

\>

바람나고 싶어 로맨스를 거푸 마시고
새벽 술집을 나서는데
비틀, 전화기가 취했다

손바닥 안에서
아내가 진동으로 흔들렸다

졸던 별 하나가 말했다
오늘 밤 너는 실패한 인생이라고

제4부

그곳

셈을 모르는
사람들이 사는

쪽빛 물결로
마음을 건네주고
정을 넘겨받는

갚아도 되냐 하면
말아도 된다 하는

가
파
도,

마
라
도

등

어린 날 읍내로 전학 나오며
무심히 보았지
이불 짐 둘러멘 아버지 등,
동구 밖으로 펼쳐진 너른 들판처럼
한나절을 져 날라도
반나절이 남아 보였지

거침없이
내가 웃자라는 동안
그 너른 등
야금야금 저당 잡혀 왔다는 걸
모로 굽은 삽자루가 될 때까지
차마 알지 못했지

아버지를 저당 잡혀 살아온 날을

강남 샹그리에 컨벤션

계좌번호 찍힌 세금 고지서가 바쁘다

지하철 3번 출구 지나
봉투들 떼 지어 온다

혼주와 눈도장 찍고
세금 봉투와 식권을 맞바꾼다

주례사 허공에 맴돌고
피로연 자리만 북새통,

여기저기서 뽑아내는
60분짜리 신혼부부 자동판매기

컵라면

고단한 가장의 양식이었다

지하철 2호선 구의역에서
뒷골목 가판대에서
젖은 반지하 단칸방에서도

저를 펄펄 끓여
살갗을 부풀리고
몸뚱이 노곤해지면
너덜너덜한 신세 허기가 풀렸다

그날*도
낡은 가방을 지키고 있었다
눈 퉁퉁 불어
몸 차갑게 식을 때까지

하나 다 비울 시간조차 없고
자주 먹을 수밖에 없어
허겁지겁 시간을 품앗이했던,

>
날 새우던 기억
못처럼 박혀 자란다

두 종류 아들

그미* 지붕 아래는 두 종류 아들이 산다

남의 여자 아들은 눈칫밥
자기 아들은 따뜻한 밥 먹인다
술 한잔 걸치면
남의 여자 아들은 발소리 삼키고
자기 아들은 취했어도 당당하다

누구는 월급 바치고도 돈 빌리듯 하고
누구는 빚 받으러 온 사람 같다
생선 대가리는 남의 여자 아들
몸통은 자기 아들 차지다
밤에 들어온 남의 여자 아들은 식은 밥 한 덩이
자기 아들에게는 냉장고 문 활짝 연다

자기 아들도 남의 여자 아들 될 텐데
그미,
그 꼴 눈 뜨고 볼 수 있을까

* 그미: 그 여자(순우리말).

젖은 길

검은 하늘이
싸락눈 왈칵 쏟았다
국화꽃 허공으로 흩어졌다

222번 좌석버스
한고을 장례식장 가까워질 무렵
운전사가 맨 뒷자리에 앉은
검은 양복을 불렀다

마음 가난한 그에게
건너편 회색 건물을 가리켰다
막다른 골목 천장에 하얗게 핀 가로등이
젖은 길 비춰 주었다

더 이상 지상에 아버지란 아버지는 없다

그가 버린 눈물방울
싸락눈에 업혀 빈소로 들었다

유월

유월을
육월이라 하지 않는 것은

밤낮 거리 한복판에서
붉은 장미 최루가스 섞인 눈물로
피었기 때문이다

그런 분노를 딛고
담장 너머에 움 틔웠으니
이제, 각지지 말라는 것이다

유월은
허름한 것 북북 긋고
더 이상 세상 무섭지 않을
형형한 눈빛 담고 있다

한 해 허리를 꼬챙이로 꿰고
하늘은 속울음을 몇 개나 참았는지
비명 감춘 유월

>

유월을
육월이라 하지 않는 것은
격하게 말하지 않아도
충분히 가슴 덥힐 수 있으니

각은 거두고 맥박은
식지 않도록 살아가라는 것이다

이유

그댈 그리다

눈이 멀었습니다

보고 싶은 마음이

점자를 읽듯

그대를 향하고 있습니다

손가락이 아린 것은

손끝으로 그대를 읽고 있기

때문입니다

묵념

수원행 전철 안
아들 보러 가는 길
가는 방향은 같았다
수없는 눈은
좇는 길이 달랐다

고개 숙인
무면허 의사들
휴대폰 꽁무니에
청진기를 꽂았다

가운도 입지 않고
손가락 하나로
진단을 하는
그들의 명복을 빌며
외치고 싶었다

일동, 묵념

헌혈의 집 앞에서

코로나19로
혈액이 부족합니다
헌혈 참여가 필요합니다

현수막은 한길에서
알몸으로 나부꼈다

바람이 핥고 지날 때마다
현수막, 어깨를 쿨럭였다

눈발이 날렸다
갈피를 잡지 못할 만큼 매서운

나무들은 허우적대며
마스크로 애써 눈을 가렸다

바람이 물었다
그대,
누굴 위해 팔뚝 한 번 걷어 본 적 있느냐고

>

절뚝대던 나무는
바람의 말을 알아듣지 못한 척
마른침만 삼켰다

선재길 오르다

월정사 지나 상원사 가는 길
별빛 서리에
오솔길이 몸을 떤다

세상 등짐 지고
오대산 선재길 오르는 길
이리저리 채여도 말 없는
발굽 아래 돌부리가 부처다

번뇌 촘촘히 박힌 길은 멀고
구름 속 뿌리 내린 나무
발등은 무겁다

동피골 말간 물에
얼굴 씻고 보니
애기단풍 하나 고사리손으로
문수보살 지혜를 붙잡아

선재길 읽는다

정월 초하루

어느 집 차례상에
향불 연기 감겨 오를
꼭두새벽 무왕로*에
택시 한 대
손님 기다리고 있다

움츠린 어깨에 피어오르는 담배 연기로
기사가 고향 집 향불을 사른다
바퀴는 미동도 없고
어미에게 마음만 달음박질한다
마음의 시동을 끄지 못한
배기통 연기는

그가 피우고 싶은 향불인지도 모른다

* 무왕로: 전북 익산시 도로 이름.

아내의 생일

달그락달그락
슬며시 먼저 일어난
그릇이 부산하다

쉰두 번째 아내 생일
한겨울 새벽달을 걸어 두고
어머니가
며느리 생일상을 준비한다

잡채 불고기 홍어무침 미역국
비린내도 한 토막 식탁에 올리고
어머니 어깨가 환하게 웃는다

아내의 어깨도 들썩이며 웃는다

문득

말간 햇빛 한 움큼
뒹구는 가을 한 잎
무심한 구름 한 조각

툭 떼어

슬쩍 그대 주머니에 넣고
혼자 서러워
눈물 흘릴 뻔했습니다

깊숙이 묻어 둔
말
그대 곁에 두고

문득

할 뻔했습니다

느림과 찬찬함에 적힌 변주의 시학

이병초(시인, 웅지세무대 교수)

1.

그를 못 만났다. 두어 달 전에 원고를 받았고 그의 시편들을 꽤 꼼꼼히 읽었는데도 시간은 그와의 만남을 주저했다. 시집 발문을 핑계로 당사자와 만나는 일은 흔한 일이 아니다. 해설이나 발문을 쓰는 데 도움이 안 되는 경우가 더 많기 때문이다. 그런데 이번엔 달랐다. 송태규 시인의 시편들을 읽다 보니 나도 모르게 소주 생각이 났다. 이번만큼은 시의 여정을 짚어 보는 데 만남만큼 좋은 약은 없다고 생각했는지도 몰랐다.

처음 만났을지라도 우리는 오랜 지기를 만난 것처럼 살가울 것이다. 어떤 지면의 어떤 작품을 잘 읽었다는 둥, "세상에서 가장 슬픈 별"이 "차별"(「고백」)이라는 학생의 대답에 눈길이 오래 갔다는 둥 인사치레가 오가면서 술자리는 푸근해지리라. 그러다 나는 그의 비워진 술잔을 채우듯 물어볼 것이다.

요즘 시단에 "낯설게 하기(defamiliarization)"라는 말이 일반화되었다. 관습화하고 습관화한 일상의 언어 규범을 파훼하거나 시행 간의 내용을 의도적으로 비껴가는 언술 등은 의사소통의 방해를 서슴지 않는다. 여기에 유령까지 출몰시키는 현대시의 경향을 어떻게 생각하는가.

또한, 내게 난감했던 일을 그에게 들려줄 것이다. 얼마 전 문화 행사에 붙들려 갔다가 동료들 시가 낭독되는 소리를 들었는데 반갑기보다는 자괴감을 떨쳐 낼 수 없었다. 시가 언제부터 문화 행사에 끼워 맞추기식의 맛보기가 되었냐. 시는 정말로 광고치레에 불과한 것들에게 자리를 내준 것이냐. 이런 사정을 송 시인은 어떻게 생각하느냐고도 물을 것이다. 한꺼번에 쏟아지는 내 질문에 그는 조용히 다음의 시를 들려줄 것 같다.

탑천길 마디마다 박꽃 오롯이 피었다
허공을 움켜쥔 빛이
개울로 흐르고

먼 산이 내려올 때
건들건들 내 몸이 자랐다

탑천 가로등이 목을 빼는 것은
꿈을 꾸는 게 아니라
비칠거리는 내 그림자를

안아 주려는 것이다

숨죽여 어깨만 들썩이는
목 긴 아비처럼

—「가로등」 전문

　시에 박꽃이 피었으니 시의 배경은 여름이다. 탑천이 어디
에 있는지는 잘 모르겠지만 시의 형상화 과정이 유연하다. 개
울에 물이 흐르는 게 아니라 "허공을 움켜쥔 빛"이 흐른다는
비유를 지나, 땅거미 질 때 먼 산이 내려오는데 그 시간을 타
고 자신의 몸이 "건들건들" "자랐다"는 진술은 시인의 속내를
짚어 보기에 무리가 없다. 저녁 시간이 되어 단지 자신의 그
림자가 길어졌다는 뜻만을 물고 있지 않은 진술은 가로등으
로 이어진다. 화자는 밤이 되면서 가로등의 그림자가 길어지
는 이유를 "비칠거리는 내 그림자를/ 안아 주려는 것"이라고
설명한다. 세상살이에 당당해 보기는커녕 주로 비칠거렸다는
겸손함, 이런 자신을 말없이 지켜보고 응원해 준 아버지의 애
정에 닿는다.
　박꽃과 빛과 개울, 먼 산과 가로등 등의 시어는 시행 배열의
몫을 감당하는 데 그치지 않고 "목 긴 아비"에 이르도록 유도
하는 시적 장치다. 자연물과 아버지의 조우를 무리 없이 형상
화한 이 작품은 송태규 시인의 시정신이 어디에 있는지를 단적
으로 말해 주고 있다. 그의 시편들은 1차적으로 사람에게 밀착
해 있고 그 지점에서 시의 촉수가 빛난다. 자식에게 무슨 일이

생겼을 때마다 "숨죽여 어깨만 들썩이"셨을 아버지, 삶에 지쳐 비칠거리는 자식과 오늘을 함께 버티느라고 목이 길어졌을 아버지의 체취를 읽다 보면 송태규 시인의 속울음이 다가오는 것 같다. 일상에 흔히 쓰이는 단어를 시에 접목시킨 솜씨도 솜씨지만, 개울에 빛이 흐르고 땅거미 타고 먼 산이 내려올 때 건들건들 자신의 몸이 자랐다는 해석은 시가 왜 사람에게 닿는 예술인가를 곰곰이 생각해 보게 한다.

2.

여기 배낭이 있다. 버스를 기다리는 그의 어깨는 처졌고 홀쭉하다. 모진 시간을 견뎠기 때문인지 세파를 견뎠기 때문인지 그는 "척추를 곧추세우지 못하"는 데다, 그냥 지나가는 "바람에도/ 숭숭 뚫린 가슴 여미지 못"하고 있다. 뭔가를 다 채우지 못하고 "가족의 무게를 지고 앉았다"라는 진술은 이 시가 개인의 내력에만 집중된 것이 아니라는 것을 말해 준다.

정류장에 어깨 처진 배낭 하나
가족의 무게를 지고 앉았다

풀어진 심장 허옇게 내밀고
눈물 찍어 소매 적셨던 날
홀쭉한 채 허리 휘었다

고단한 시간으로부터

흘러내린 어깨끈을 타고

그 흔한 비밀 한 조각 담지 못한 채

생의 탑이 허물어지고 있다

척추를 곧추세우지 못하고

수평으로 누운 삶은

지나가는 바람에도

숭숭 뚫린 가슴 여미지 못한다

묽은 빛깔로 남루해진

배낭, 점점 주저앉고

산 그림자 길어져도

끝내 버스는 오지 않았다

—「배낭」 전문

　가난을 못 벗어난 가장의 모습이 시에 어리는 것은 무리가 아니다. 평생 뼈 빠졌을, 그러나 평생 가난에 허덕였을 한국 가장家長의 수난사는 이 시에 한정되지 않는다는 것을 모르는 이는 없다. 허리가 휘어진 가장, "생의 탑이 허물어지고 있"는 가장에게 따뜻하게 다가올 것도 없고 끝내 버스마저 오지 않는다. 그러나 시는 냉정하게, 묽은 빛깔로 점점 주저앉는 배낭을 보여 주고 있을 뿐이다.

　시가 현대성이란 외피를 두르고 있지만, 모두가 겪는 불편

한 오늘은 명쾌하게 짚어지지 않는다. 어제와 똑같이 오늘도 불순한 힘에 끌려가는데 힘의 실체는 꽁꽁 숨어 있다. 현대성의 외피에 가려진 실체를 포착하려는 시는 불온하다. 역설과 모순이 모질게 얽혀 있는 문명 속에서 이빨을 드러내는 야망과 비탄, 자아와 세계의 화해 불가능을 확신하는 비규범성, 이질적인 것들의 혼합 또는 혼돈 등이 시의 화두처럼 행세하는 이유를 송태규 시인이 모를 리 없다.

하지만 그는 언어를 과하게 부리지 않는다. 왜 이 땅의 가장은 가난한지, 이들이 가난에서 벗어날 가망은 없는지를 되레 시에 물었다고 봐야 할 것이다. 우리네 삶을 여러 번 짚어 봐도 부자는 쉽게 될 수 없다. 남들은 망해도 자신만은 돈 벌어야 한다는 순 싸구려 경제 논리에 삶에 대한 자신의 태도를 팔아야만 부자가 가능하다. 이렇게 살기를 바라는 사람도 있을 것이다. 자본과 문명을 비껴갈 수 없는 것이라면 이런 현실을 즐겨야 하는 게 아니냐는 욕에 가까운 소리를 기꺼이 받아들이며 자신이 상품이 되어 값비싸게 팔리기를 바라는 사람이 생각보다 많을 수도 있다.

그는 짐처럼 부려진 배낭을 보고 꽤 오랜 시간 고민했을 터였다. 삶이란 게 무엇인가. 돈을 신앙처럼 모시고 사는 문명과 자본의 친자식으로 살다가, 캄캄한 불감증으로 살다가 목숨을 다하는 게 삶인가. 문명과 자본의 삶을 거절하고 자신의 정신적 순결을 지키다가 홀쭉해진 배낭처럼 주저앉는 게 삶인가. 어떻게 사는 게 참답고 아름답게 사는 것인가. 이 문제를 해석해서 언어의 무늬로 그려 내는 송태규 시편들의 눈매는 촉촉하다.

　　가을은 저절로 오지 않는다

　　매미의 외침이
　　천지에 찰랑거릴 때
　　고추잠자리의 너울을 타고 온다

　　물정 모르는 땡감
　　몸 달아 뒤척일 때
　　풋밤도 가슴을 연다

　　대추가 얼굴 붉히는 건
　　태양의 유혹 때문이 아니라

　　애가 타는 가을바람
　　무심한 듯 스칠 때
　　훅, 숨이 멎기 때문이다

　　　　　　　　　　　　　　　　—「알고 보니」 전문

　　짝을 찾는 매미의 맹렬한 소리가 있을 때, 땡감이 "몸 달아
뒤척일 때", 9월 햇살에 익은 바람이 애가 탈 때 가을은 온다.
절실해져야만 가을이 온다는 이 전제는 시간의 눅눅함 속에서
자신을 오래 바라본 자가 느끼는 서늘함이겠다. 시 속엔 속된

욕망의 그림자가 어리지 않는다. 매미와 고추잠자리, 땡감과 풋밤과 대추가 가을의 낌새에 버무려져 가을에 닿을 뿐 맵고 짠, 쓰라리고 서글픈 인간의 현실이 없다. 아니다, 이 시는 문명인을 자처하는 사람들이 놓치고 있는 사람다움의 미학을 보여 주고 있는지도 모르겠다.

그날이 그날인 현대인의 반복적인 오늘은 '바쁘다'는 한 단어로 요약된다. 왜 바쁜지 누가 바쁘게 했는지를 짚어 볼 새도 없이 모두의 '나'는 오늘도 바쁘다. 이렇게 사는 모두의 '나'에게 시는 정답게 다가온다. 자신이 뭘 가지고 있든, 어떤 것에 얽매였든 그딴 것들을 다 놔 버리라고 시는 가을 풍정 속에서 찬찬하게 익는다. 어디 한 군데 틀어짐 없이 반듯한 시를 만나기는 쉽지 않은 일이다. 더구나 고추잠자리가 허공을 타면서 만들어 내는 너울과 가을바람에 대추가 "훅, 숨이 멎"는다는 표현은 시의 맛을 순 알짜로 얻은 것 같다.

3.

문명적 색감을 짙게 드리운 자폐적 비문非文들이며 결핍과 소외와 외래어의 혼숙이다시피 한 여타의 시편들, 삶의 질곡을 문 토막들조차 따로 놀기 일쑤인 시편들과 송태규의 시는 전혀 닮지 않았다. 어려운 시는 쓰기 쉽고, 쉽게 읽히는 시는 쓰기 어려운 법이라는 것을 오래전에 터득했는지도 모르겠다. 누구에게든 쉽게 읽히는 시, 시어들이 유기적으로 맞물려 뜻이 새롭게 생성되는 시는 정말 쓰기 어렵다. 난해하다고 평가되는 작품일수록, 새것의 강박에 시달리는 게 뭔지도 모르고 첨단의 언어미학임을 자처하는 시편들일수록 별게 아닌 경우가 얼마나 많던가.

　싸라기눈 내리는 날이면
　까까머리 친구들과
　황새목 낫 한 자루 들고
　뒷산에 올랐지

　낫이 툭,
　허공을 베면
　만만한 솔가지
　눈물 진물처럼 흘렸지

　시간을 타고 넝쿨을 오르던
　갈망
　휘청거리는 낫질에
　하얗게 무너져 갔지

　칡넝쿨로
　나무 한 짐 메다
　나무청에 부려 놓고
　마당에 노을 한 짐도 부려 놓았지

여태 죽은 나무에 결박당한 채

넝쿨지고 있을까

수직으로 날고 싶었던

갈증,

—「칡넝쿨」 전문

　까까머리 시절 시인은 '황새목' 조선낫 한 자루 들고 나무하
러 산에 갔다. 친구들과 나무를 하면서 무슨 얘기를 했는지,
겨울 햇살이 따사로운 누구 무덤 앞에서 도시락을 까먹으며 깔
깔댔는지는 시에 적히지 않았다. 친구들에게 얽힌 개구진 얘
기를 꺼내기보다 '갈망'이라는 단어에 시인의 눈길이 꽂혔기 때
문일 것이다. 그러므로 싸락눈도, 황새목 낫으로 쳐 낸 땔감
을 칡넝쿨로 동이 지어 와서 나무청에 부릴 때 "마당에 노을 한
짐도 부려 놓았"다는 대목도 갈망에 소속된 곁가지일 것이다.
　시인의 갈망과 갈증이 무엇인지는 알 수 없다. 까까머리 시
절을 까마득하게 벗어났어도 아직도 "죽은 나무에 결박당한
채/ 넝쿨지고 있을" 갈증, 오직 "수직으로 날고 싶었던" 그 갈
증의 실체는 무엇일까. 그리워할수록 아쉬움이 더 큰 갈망 그
리고 갈증, 끝끝내 꿈으로 남은 그리움은 사실 송태규 시인을
오늘까지 살게 한 삶의 정신적 양식이었는지도 모르겠다. 첫
사랑이나 어머니의 품이나 고향 마을의 품처럼 아늑하면서도
쓰라렸을 꿈은, 어쩌면 시인의 일상을 수시로 간섭하면서 문
명적 삶을 끌어내 자연의 이치에 닿도록 유도했을 수도 있다.

113

어떻게 살아야 참답고 아름답게 사는 것인지를 끝없이 목 당그
래질 하도록 꿈은 작동했을 것이다. 그러므로 그의 시편들은
꿈의 해석이라고도 볼 수 있겠다.

> 못과 망치가 있어도
> 못을 품을 수 없는 벽은
> 더 이상 벽이 아니다
>
> 움푹 파이고
> 자국이 남아도
> 너를 품을 수 있는
> 포근한
> 벽이고 싶다
>
> 밀지 않아도 열리는
> 문 하나 내어
> 너를 들이고 싶다
>
> 네 망치를 받은 못 자국
> 파여도 파이지 않고
> 아파도 아프지 않은
> 말랑한
> 벽이고 싶다
>
> ─「소통」 전문

군이 "밀지 않아도 열리는" 문을 갖고 싶다는 소박한 소망이 값지다. 상대가 누구든 사람을 향해 열려 있는 마음결이 샘물처럼 맑다. 망치질에 맞아서 파이고 아픈 실제를 고이 받아들이는 시의 진정성은 소통이 두절당한 모두의 오늘로 확장된다. 무한경쟁에 짠지가 되어 버린 모두의 오늘은 날이 갈수록 야박해질 것이다. 시의 목소리는 정갈하다. 돈에 기죽어 사는 일반인의 삶이 잘못되었다고 말하기 전에 돈을 신앙처럼 모시고 살도록 강요하는, 눈에 보이지 않는 간악한 무리를 아주 캐내고 싶은 욕망이 시에 적히지는 않았다.

그러나 슬픔과 절망을 안으로 오래 삭혀 내지 않은 이에게 이런 언술은 기대하기 힘들다. 집단적 그리움에 앞서는 집단적 불행을 오래오래 견뎠다는 듯 '벽'의 뜻을 전제한 뒤 "밀지 않아도 열리는/ 문 하나 내어/ 너를 들이고 싶다"라는 언술은 찬찬히, 냉정하게 오늘을 돌아보도록 한다. 잘못된 종교와 마찬가지로 일반인의 주머니 속에 있는 돈을 파먹고 사는 거대자본의 탐욕에 맞설 수 있는 무기가 "말랑한/ 벽"이라고 제시한 송태규 시인. 이 세상에 사람보다 더 귀한 존재는 없다는 것을 이 시는 밑그림으로 깔고 있는 것으로 보인다.

4.

시 쓰기는 지난한 작업이다. 삶을 스쳐간 많은 것들이 결국 잊히듯 언젠간 자신도 소멸하고 말 것인데 그것을 알면서도 욕망의 거울에 자신을 비춰 보는 서늘한 정서, 그것의 기록이 시일 것이기 때문이다. 구태의 담론에 동의하지 않고 시인 자신만의 해석을 담은 언어미학, 그러나 시인의 치열성을 세상은 못 알아보는 경우가 더 많다. 그러함에도 시를 쓰는 이들을 보면 마음이 숙연해진다.

송태규 시인을 끝내 만나지 못했다. 내 질문에 대한 그의 대답도 듣지 못했다. 하지만 서운하지는 않다. 삶은 특별한 것이 아니지만 그렇다고 함부로 폄하해서도 안 된다는 철학을 간직한 시편들을 만났기 때문이다. 저녁놀 끼고 술 한잔하면서 "실은, 상 밑으로 다들/ 노을빛 눈물 한 잔씩 흘리고 있었다"(「무창포 노을」)라는 시의 시작점으로부터 「구두」를 지나, 「아내의 실내화」와 「호박죽」이며 「문득」과 「젖은 길」에 이르기까지 그의 시편들은 정제되어 있고, 감정의 잉여 일체를 제거한 시의 보폭은 유정하다. 눈에 보이는 것, 몸으로 느껴지는 일상의 모습을 억지로 재해석하지 않는 그의 시편들은 삶에 소속된 불편함조차 오래전에 터득한 서정성의 어법으로 끌어안는다.

송태규 시의 여정, '사람에게 밀착된 시의 촉수'를 꼼꼼하게 추적하고 싶었지만, 시간은 그와 내게 인색하다. 이 글에 다 펴지 못한 '느림과 찬찬함에 적힌 변주의 시학'을 눈이 밝은 독자께 맡기며, 완주군 봉동읍에서 "바람 소인 찍어"(「우체국에서」) 그에게 맑은 시 한잔을 청한다.